¡Aprende a leer, paso a paso!

Listos para leer   Preescolar–Kínder
• letra grande y palabras fáciles • rima y ritmo • pistas visuales
Para niños que conocen el abecedario y quieren comenzar a leer.

Leyendo con ayuda   Preescolar–Primer grado
• vocabulario básico • oraciones cortas • historias simples
Para niños que identifican algunas palabras visualmente
y logran leer palabras nuevas con un poco de ayuda.

Leyendo solos   Primer grado–Tercer grado
• personajes carismáticos • tramas sencillas • temas populares
Para niños que están listos para leer solos.

Leyendo párrafos   Segundo grado–Tercer grado
• vocabulario más complejo • párrafos cortos • historias emocionantes
Para nuevos lectores independientes que leen oraciones simples
con seguridad.

Listos para capítulos   Segundo grado–Cuarto grado
• capítulos • párrafos más largos • ilustraciones a color
Para niños que quieren comenzar a leer novelas cortas, pero aún
disfrutan de imágenes coloridas.

STEP INTO READING® está diseñado para darle a todo niño una experiencia de lectura exitosa. Los grados escolares son únicamente guías. Cada niño avanzará a su propio ritmo, desarrollando confianza en sus habilidades de lector.

Recuerda, una vida de la mano de la lectura comienza con tan sólo un paso.

A mi abuela, Leona Manning, y sus bisnietos
—A.M.

A Julia
—T.B.

Text copyright © 2017 by Anna Membrino
Cover art and interior illustrations copyright © 2017 by Tim Budgen
Translation copyright © 2021 by Penguin Random House LLC

All rights reserved. Published in the United States by Random House Children's Books,
a division of Penguin Random House LLC, New York.

Step into Reading, Random House, and the colophon are registered trademarks of Penguin
Random House LLC.

Visit us on the Web!
StepIntoReading.com
rhcbooks.com

Educators and librarians, for a variety of teaching tools, visit us at RHTeachersLibrarians.com

Library of Congress Cataloging-in-Publication Data
Names: Membrino, Anna, author. | Budgen, Tim, illustrator.
Title: Big Shark, Little Shark / Anna Membrino, Tim Budgen.
Description: New York : Random House, [2017] | Series: Step into reading. Step 1 | Summary:
Can a hungry little shark catch a big shark?
Identifiers: LCCN 2016008762 | ISBN 978-0-399-55728-6 (trade pbk.) | ISBN 978-0-399-55729-3
(lib. bdg.) | ISBN 978-0-399-55730-9 (ebook)
Subjects: | CYAC: Sharks—Fiction. | Size—Fiction. | English language—Synonyms and
antonyms—Fiction.
Classification: LCC PZ7.M5176 Bi 2017 | DDC [E]—dc23

ISBN 978-0-593-17424-1 (Spanish edition) | ISBN 978-0-593-17778-5 (Spanish edition ebook) |
ISBN 978-0-593-17425-8 (Spanish edition lib. bdg.)

Printed in the United States of America
10 9 8 7 6 5 4 3 2
First Spanish Edition

Tiburón grande, tiburón pequeño

Anna Membrino

traducción de Polo Orozco

ilustrado por Tim Budgen

Random House 🏠 New York

Tiburón grande.

Tiburón pequeño.

El tiburón grande
tiene dientes grandes.

El tiburón pequeño
tiene dientes pequeños.

El tiburón grande
nada rápido.

El tiburón pequeño
nada lento.

El tiburón grande
tiene hambre.
¡Hora de comer!

El tiburón grande
ve a un pececito.

El pececito
nada rápido.

El tiburón grande
también nada rápido.

El tiburón grande dice
¡ÑAM, ÑAM!

Pero el pececito

es muy rápido.

¡Adiós, tiburón!

El tiburón grande
nada lento.

El tiburón pequeño
nada rápido.

El tiburón pequeño
tiene hambre.
¡Hora de comer!

El tiburón pequeño
ve a un pecezote.

El pecezote dice
¡ÑAM, ÑAM!

¡Nada más rápido,
tiburón pequeño!

¡El pecezote se ha ido!

El tiburón pequeño

aún tiene hambre.

El tiburón pequeño
ve al tiburón grande.

El tiburón grande

aún tiene hambre.

Oh oh.

29

¡Espera!

El tiburón pequeño

tiene una red.